Ungezogene Hunde

Peter S. Fischer

Ungezogene Hunde

25 lustige Hundegeschichten

Band 4

Lektorat: Elfriede Denk

"Ein dreckiger Hund ist mir lieber als ein Mensch mit schmutzigen Gedanken."

Peter S. Fischer

1. Geschichte

Die Damenbinden!

Eine außergewöhnliche Geschichte ist mir zu Ohren gekommen, die ich auf keinen Fall verheimlichen kann. Die Frau, die uns ihre Story erzählte, war es sehr peinlich. Aber ein kleiner Vierbeiner nimmt keine Rücksicht, wenn er sich etwas in den Kopf gesetzt hat, auch wenn es für Frauchen peinlich werden kann.

Die nette Frau fing an zu erzählen: „Stellt euch vor, was mein kleiner Charly gemacht hat! Ich bekam Besuch von einem netten Pärchen, und wir machten einen gemütlichen Kaffeeplausch. Ich hatte mich schon sehr lange auf den Besuch gefreut, denn sie hatten einen weiten Weg zu mir.

Ich hatte gerade meine Tage bekommen und dafür einen eigenen Abfalleimer mit Deckel im Bad. Ich warf meine gebrauchten Binden immer in diesen Abfalleimer und entsorgte sie, wenn ich den gesamten Müll hinausbrachte. Nie dachte ich daran, dass sie zweckentfremdet werden könnten.

Charly muss es an diesem Nachmittag langweilig geworden sein, denn niemand beschäftigte sich mit ihm. Natürlich wurde er immer wieder gestreichelt, aber niemand wollte mit ihm spielen. Ich stelle es mir so vor: Er suchte nach einer neuen Beschäftigung, und das konnte nur Unsinn sein. Er musste sich unbemerkt ins Bad geschlichen haben und sich über meinen Abfalleimer hergemacht haben, in den ich meine gebrauchten, blutigen Damenbinden geworfen hatte. Wie er allerdings den Deckel aufbekommen hat, ist mir bis heute ein Rätsel. Zeit hatte er jedenfalls genügend.

Plötzlich erschien der kleine Hund mit einer meiner blutigen Damenbinden im Maul im Wohnzimmer, legte sich direkt neben den Kaffeetisch und fing an, sie zu zerrupfen.

Die Besucher schauten plötzlich ganz komisch auf Charly, und die Frau sagte mit einem Ausdruck des Ekels im Gesicht: ‚Ich glaube, Charly hat eine gebrauchte Damenbinde im Maul!‘ Als die Frau das aussprach, wäre ich am liebsten im Erdboden versunken; ich schämte mich zutiefst.

Natürlich nahm ich ihm sein neues Spielzeug weg und schimpfte ihn, aber es half nichts. Trotzdem hatte er mich in eine sehr peinliche Situation gebracht. Was noch schlimmer war: Charly klaut jetzt immer meine Binden und versteckt sie überall. Gerade wenn es besonders unangenehm ist, tauchen sie wieder auf.

Charly denkt sich wahrscheinlich: ‚Ich will auch mal etwas Persönliches von meinem Frauchen haben!‘"

2. Geschichte

Schlaftabletten!

Dieses Mal bekam ich eine nicht alltägliche Geschichte zu hören. Der Hundebesitzer musste beim Erzählen selbst lachen.

Unsere Hunde entlang der Wertach sorgten immer wieder für neuen Gesprächsstoff; wir hatten jeden Tag etwas Neues zu erzählen. Ein Herrchen mit einem Labrador-Rüden kam uns entgegen. Die Hunde spielten sofort zusammen, und er konnte die Geschichte nicht für sich behalten. Er lachte schon, bevor wir uns begrüßten, und legte gleich los: „Stellt euch vor, was unser Hund letzte Nacht gemacht hat. Meine Frau nimmt jede Nacht eine Schlaftablette, damit sie durchschlafen kann, und diese legt sie, bevor sie ins Bett geht, auf ihr Nachtkästchen. Sie stellt auch ein Glas Wasser dazu."

Wir spielen jeden Tag noch eine ganze Weile mit ihm, bevor wir ins Bett gehen, lassen ihn danach noch in den Garten hinaus und dann geht es ins Bett. Der freche Rüde geht in sein Körbchen.

Wir gingen wie immer ins Bett, aber plötzlich sagte meine Frau ganz entsetzt: 'Wo ist meine Schlaftablette? Ich habe sie doch, wie immer, auf mein Nachtkästchen gelegt, bevor wir mit Snoopy spielten. Sie kann doch nicht einfach verschwunden sein, und ich bin doch nicht dement; ich weiß das ganz genau.'

 Meine Frau suchte das ganze Schlafzimmer ab und fand die Tablette tatsächlich nicht. Sie schaute sicherheitshalber in der Tablettenschachtel nach und war sich sicher, dass eine fehlte.

 Als sie am Hundekörbchen vorbeikam, lag unser Hund auf dem Rücken und schnarchte tief und fest. In diesem Moment war sie sich sicher, wer die Tablette eingenommen hatte, denn normalerweise hätte unser Hund noch weiter spielen wollen und wäre nicht so tief und fest eingeschlafen.

 Meine Frau nahm eine neue Tablette und stand wie immer sehr früh am nächsten Tag auf. Sie musste lachen, als sie ins Hundekörbchen blickte: Ihr Hund lag immer noch auf dem Rücken und schnarchte wie am Abend zuvor. Jetzt war sie sich sicher, wer der Schlaftabletten-Dieb war. Snoopy war kaum wach zu bekommen. Nach dem Gassi gehen wollte er sich gleich wieder hinlegen. Er wird bestimmt keine Schlaftablette mehr vom Nachtkästchen nehmen.

 Snoopy dachte sich wohl: „Ich wollte nur wissen, warum Frauchen nach diesem kleinen Ding so gut schläft.

 Deswegen bin ich doch kein ungezogener Hund, oder?"

3. Geschichte

Ein Handy!

Ich habe mal wieder eine lustige Geschichte von Chiko zu erzählen. Es ist allerdings eine sehr ungewöhnliche Geschichte, denn was hat schon ein kleiner Mischlingshund mit einem Handy zu tun? Normal nichts!

Manchmal denkt man sich nichts dabei, wenn man nach Hause kommt. Wie immer legte ich meine Jacke auf den Hocker, denn unser kleiner Herr im Haus hat die Angewohnheit, es sich auf irgendeinem Kleidungsstück von meiner Frau oder mir gemütlich zu machen. Es muss immer etwas auf dem Hocker liegen, denn das ist sein Platz. Natürlich, von wem sonst.

Zuerst begrüßte mich Chiko überschwänglich; er konnte sich gar nicht beruhigen, bis er sein Leckerli bekam. Damit verschwand er schnell auf dem Hocker und kaute auf meiner Jacke, sein Lieblingsstück. Jetzt war er zufrieden und machte es sich danach gemütlich. Aber mit einem Auge beobachtete er mich immer noch, denn er erwartete, dass ich mit ihm Ball spielte. Dieses Ritual brauchte er jeden Tag. Mir war klar, Chiko wollte sich bald auspowern, und das braucht auch ein kleiner Hund.

Doch womit mein kleiner Hund nicht gerechnet hatte: Mein Handy klingelte und vibrierte. Er sprang wie von einer Tarantel gestochen vom Hocker herunter und bellte den Hocker an. Er konnte sich überhaupt nicht beruhigen. Ich war selbst schuld, der Hund konnte nichts dafür; er war erschrocken.

Erst als ich das Handy, das ich in der Jacke vergessen hatte, herausholte und das Klingeln aufhörte, beruhigte er sich. Ganz nervös lief er ein paar Minuten durch das Wohnzimmer und suchte sich dann einen anderen Platz. Die Jacke war erst mal tabu.

Da, wo Chiko lag, vibrierte und klingelte das Handy genau unter seinem Hintern. Da musste der arme kleine Kerl Angst bekommen haben.

Bei dieser Geschichte muss ich zugeben, war ich das ungezogene Herrchen!

Chiko meint mit Recht, wo er sich ausstreckt, lässt man kein Handy liegen!

4. Geschichte

Ein schönes großes Stöckchen!

Die Geschichten nehmen kein Ende, wieder bekam ich eine nette Story erzählt. Snoopy, eigentlich ein braver Husky-Rüde, ist zwar noch sehr jung, aber total verspielt.

Sein liebstes Spielzeug ist sein Stöckchen. Er mag es, jeden Tag hinterher zu rennen und stundenlang damit zu spielen. Wenn er in seinem Element ist, will er gar nicht mehr aufhören. Aber wenn noch ein Spielgefährte dabei ist, macht es ihm doppelt so viel Spaß. Natürlich muss dieser auch ein Stöckchen mögen.

Vor ein paar Tagen war es ein schöner Frühlingstag. Snoopy war schon ganz ungeduldig, denn er wollte mit seinem Herrchen auf die Spielwiese gehen, um dort sein Stöckchen zu apportieren. Als das Herrchen ein paar Mal den Stock geworfen hatte und Snoopy ihn zurückgebracht hatte, kam Cleo angelaufen, eine Springer-Spaniel-Dame. Sie war eine ganz liebe, und ihr Frauchen folgte ihr. Snoopy und Cleo kannten sich schon lange und hatten schon öfter zusammen gespielt. Sie begrüßten sich stürmisch und waren sofort bereit, dem Stöckchen hinterherzujagen.

Die beiden hatten mächtigen Spaß, und es machte ihnen große Freude. Cleos Frauchen war sehr froh, dass sie nur zuschauen musste. Plötzlich fiel Snoopy ein noch größerer Stock auf, und dieser weckte großes Interesse in ihm. Sofort packte er den sehr großen Stock und lief mit ihm davon. Auch Cleo wollte sofort den großen Ast haben. Snoopy dachte wohl: „Der schöne große Ast gehört mir, den gebe ich nicht her!" und lief einfach Richtung Heimat. Sofort verließ der große Hund mit seiner Trophäe die Wiese. Mit seinem großen Ast blockierte er den gesamten Gehweg, und Cleo rannte natürlich sofort hinterher. Frauchen und Herrchen riefen ihnen hinterher, sie sollen hier bleiben. Aber die Hunde hörten plötzlich nicht mehr, als hätten sie nie etwas gelernt.

 Die Strecke zum Haus war nicht weit, aber am Straßenrand parkten Autos. Snoopy, mit seinem großen Ast im Maul und von Cleo verfolgt, übersah auf den letzten Metern ein ziemlich neuwertiges Auto eines Nachbarn. Es entstand ein großer Kratzer. Snoopy freute sich riesig, als er seine Trophäe im Garten ablegen konnte. Aber sein Frauchen und Herrchen freuten sich weniger, da sie einiges mit dem Nachbarn zu besprechen hatten. Gott sei Dank hatten sie eine Hundehaftpflichtversicherung.

 Snoopy dachte sich: „So einen schönen Stock lässt man doch nicht herumliegen! Der gehört mir, deswegen bin ich doch kein ungezogener Hund!"

5. Geschichte

Der Handydieb!

Wie es so ist, entstehen immer wieder neue Geschichten, auch über unsere Vierbeiner. In unserer Nachbarschaft wurde von einem Hund eine neue Geschichte erzählt, die auch mir zu Ohren kam. Ich musste sie schnell aufschreiben, bevor ich sie vergaß.

Ein bekanntes Herrchen spielte mit seinem Hund im Garten, während das Frauchen auf der Terrasse saß und in ihrem Handy nachschaute. Der Hund tollte wild im Garten herum, und Herrchen warf ihm immer wieder einen Tennisball. Das machte dem Hund Spaß; immer wieder rannte er dem Ball hinterher, brachte ihn zurück und wartete darauf, dass der Ball erneut geworfen wurde. Er visierte den Ball genau an, bis Herrchens Hand ihn losließ.

Frauchen legte währenddessen ihr kleines Klapphandy auf den Tisch, um kurz ins Haus zu gehen und sich einen Kaffee zu holen. Sie rief ihrem Mann zu, ob er auch einen wolle, und er bejahte sofort. Kurze Zeit später kam sie mit zwei großen Tassen heraus und stellte sie auf den Tisch. Ihr Mann bewegte sich auf die Terrasse zu, und der Hund schlich etwas beleidigt hinterher, weil das Ballspiel so früh beendet wurde.

Als Frauchen sich gerade setzen wollte, stieß sie versehentlich mit dem Arm gegen ihr Handy, das daraufhin vom Tisch fiel. Das kleine schwarze Gerät landete auf dem Boden. Wie ein Pfeil schoss der junge Hund darauf zu, schnappte es sich und rannte zurück in den Garten. Dort legte er sich mitten auf die Wiese und schaute mit dem Handy im Maul zu Frauchen und Herrchen, als wollte er sagen: "Holt es doch, ich will spielen." Dann legte er es vor sich hin.

Sofort rannte Herrchen zu seinem Hund und rief: „Aus, aus, gib das Spielzeug her!" Doch der Hund schnappte sich das Handy noch einmal und biss zu. Es war nur ein Knirschen zu hören, und einige kleine schwarze Plastikteile flogen aus seinem Maul. In diesem Moment wussten Frauchen und Herrchen, dass von diesem Handy nie wieder ein Gespräch geführt werden würde. Zum Glück hatte sich der Hund nicht an dem Handy verletzt.

Der Hund dachte sich wohl: „Was ist das für ein schönes Spielzeug? Das muss ich sofort haben!

Deswegen bin ich doch kein ungezogener Hund!"

6. Geschichte

Der Tablettenspezialist!

Tabletten einem Hund zu verabreichen, ist immer eine besondere Angelegenheit. Ob Entwurmungstabletten oder solche gegen Zecken, es ist nie einfach, besonders bei unserem Rüden. Man könnte fast meinen, er hätte sich darauf spezialisiert, keine einzunehmen.

Chiko, unser Rüde, mag absolut keine Tabletten. Er spuckt sie sofort wieder aus, egal, wie wir es anstellen. Er lässt sich immer wieder etwas einfallen, um die Tablette wieder loszuwerden.

Wir haben eine gute Leberwurst genommen und die Entwurmungstablette hineingesteckt. Wir freuten uns, dass unser Chiko die Wurst in sein Maul nahm, doch die Freude war verfrüht. Plötzlich flog das gute Stück aus seinem Maul und lag am Boden. Wie hatte der kleine Lausbub nur gemerkt, dass wir in der leckeren Wurst, die er so gerne mag, eine Tablette versteckt hatten? Und vor allem, wie hatte er es geschafft, das kleine Stück aus der Wurst zu pulen und auszuspucken? Die Wurst hat er natürlich gefressen und wartete auf ein weiteres Stück. Jetzt mussten wir uns etwas Neues einfallen lassen.

Wir versuchten es natürlich mit anderen leckeren Schmankerln für den Hund. Chiko liebte auch Käse und Butter, doch bemerkte die Tablette immer wieder. Er spuckte das gute Stück immer wieder aus; entweder klebte sie in seinen Haaren unterhalb der Schnauze oder sie lag plötzlich am Boden. Es war manchmal nervenaufreibend, unserem Hund ein kleines Stück Tablette zu geben. Natürlich versuchten wir auch, das kleine Stück ganz hinten in den Rachen zu legen und die Schnauze zuzuhalten, bis wir glaubten, er hätte sie geschluckt. Doch kaum ließen wir seine Schnauze los, lag die Tablette ein paar Sekunden später wieder am Boden.

Oft fragten wir uns, warum er keine Tabletten schlucken wollte. Sie sind doch gut für ihn, er braucht sie! Wir versteckten die Tablette auch in seinem Futter und mischten etwas Leckeres darunter. Gleichzeitig spielten wir mit ihm mit einem Ball, da er fast immer nur beim Spielen frisst und dann immer sehr hastig, weil er nichts verpassen will. Aber wir konnten es kaum glauben: Die Futterschüssel war leer, die kleine Tablette war jedoch noch in der Schüssel. Unglaublich.

Mit irgendeinem Trick schafften wir es schließlich immer, Chiko die Tablette zu geben. Er ist ein großer Spezialist darin, keine Tabletten zu schlucken, und wird es wohl auch bleiben. Er denkt sich wohl: „Ich mag das chemische Zeug nicht und will es auch nicht fressen.

Deswegen bin ich doch kein ungezogener Hund!"

7. Geschichte

Schuhe!

Eine gute Bekannte in der Nachbarschaft erzählte uns eine wirklich witzige Geschichte – für sie war sie allerdings nicht so lustig. Sie besaß ein großes Haus und lebte dort allein mit ihrem Labrador-Rüden. Natürlich war er der Chef im Haus, aber ein ganz lieber Kerl, der sich sehr gut mit meinem Chiko verstand.

Die Frau erzählte uns, dass sie in einem Schuhgeschäft in einer Galerie ein paar sehr schicke Schuhe zum Ausgehen entdeckt hatte. Allerdings hatte sie diese nicht sofort mitgenommen, weil sie einen recht hohen Preis hatten. Nach ein paar Tagen Überlegen kaufte sie die teueren Stücke schließlich doch.

Sie zog die Schuhe zu Hause noch einmal an, zusammen mit den Kleidungsstücken, die sie dazu tragen wollte. Sie begutachtete sich im Spiegel und war sehr stolz darauf, sich die roten Schuhe leisten zu können. Sie liebte diese roten, eleganten, hohen Schuhe und plante, gleich am nächsten Wochenende damit auszugehen.

Sie pflegte die Schuhe sorgfältig, stellte sie in der Diele ab und freute sich auf das kommende Wochenende. Danach ging sie noch mit ihrem Hund spazieren und erzählte meiner Frau, was sie sich Schönes gegönnt hatte. Sie war sehr stolz.

Ein paar Tage später trafen wir sie wieder, natürlich mit ihrem Rüden. Diesmal war sie jedoch nicht so gut gelaunt und machte ihrem Ärger Luft. Sie schimpfte über ihren Charly, so hieß der Labrador, der natürlich unschuldig dreinblickte, als wäre nichts gewesen, und mit unserem Chiko spielen wollte.

Sie erzählte, dass sie, bevor sie ins Bett ging, ihre teuren neuen Schuhe noch einmal begutachtet hatte. Doch als sie am nächsten Morgen mit Charly hinausgehen wollte, waren die Schuhe spurlos verschwunden. Es konnte nur er gewesen sein, denn sonst war niemand im Haus, und er wollte Frauchen nicht zeigen, wo er sie versteckt hatte.

Wochen- und monatelang suchte die Frau nach ihren schönen Schuhen, aber sie blieben verschwunden. Sie fragte sich, warum er ausgerechnet ihre neuen Schuhe genommen hatte und nicht irgendein altes Paar. Wo hatte er sie versteckt?

Der Labrador dachte sich wohl: „Wenn mein Frauchen neue Schuhe kauft, dann geht sie alleine aus und lässt mich lange allein. Dann muss ich sie verstecken.

Deswegen bin ich doch kein ungezogener Hund!"

8. Geschichte

Kleidung!

Wer einen Hund besitzt, weiß, dass man sich nicht besonders gut kleidet, wenn man mit ihnen zusammen ist. Das Älteste ist das Beste. Doch in der Geschichte, die ich aus der Nachbarschaft gehört habe, verlief das etwas anders.

Eine Frau mittleren Alters besaß einen Mischling, ein gemütliches Weibchen namens Ronnia. Sie war etwa sechs Jahre alt und von mittlerer Größe, nicht zu groß und nicht zu klein. Ronnia war eigentlich gut erzogen und liebte das Wasser.

Eines Tages wollte die Frau abends mit Freundinnen ausgehen und richtete sich ein schönes Kleid zurecht. Bevor sie sich stylen wollte, dachte sie sich, sie geht mit ihrem Hund noch einmal eine große Runde laufen, damit sich Ronnia austoben konnte.

Es war ein schöner Sommertag und Ronnia musste natürlich auch ins Wasser und die Enten jagen, die in der Wertach schwammen. Sie wollte nicht aus dem Wasser kommen, als ob sie wüsste, dass ihr Frauchen noch aus dem Haus gehen wollte und sie allein lassen würde. Die Frau rief sie immer wieder und blickte auf die Uhr. Die Zeit wurde knapp, aber nach einer Weile kam Ronnia doch zurück und sie gingen nach Hause.

Als sie die Tür aufmachte, stürmte der noch etwas feuchte Hund in die Wohnung, schnappte sich ihr Kleid, legte es in sein Körbchen und legte sich darauf. Sozusagen: "Ich hab dein Kleid, jetzt musst du zu Hause bleiben!"

Die Frau war von ihrem Hund geschockt und stand nun unter Zeitdruck. Sie schimpfte ihren Hund, aber es half nichts. Das Kleid war jetzt versaut, feucht und mit Sand von der Wertach verdreckt. Sie nahm Ronnia das Kleid weg, tat es in die Wäsche und suchte sich schnell ein Neues, das sie eilig anzog. Natürlich musste sie Ronnias Fell noch sauber machen.

Sie kam etwas zu spät, hatte aber eine gute Entschuldigung und erntete dabei etwas Spott. Trotzdem wurde es ein gelungener Abend.

Eine Freundin meinte zum Abschluss: "Vielleicht hättest du Ronnia mitnehmen sollen. Wir sind hier nur beim Essen, dann hätte sie das vielleicht nicht gemacht."

Ronnia meinte dazu: "Wenn Frauchen ein Kleid herrichtet, dann lässt sie mich allein. Also schnapp ich mir das Kleid und sie muss zu Hause bei mir bleiben. Bin ich deshalb ein ungezogener Hund?"

9. Geschichte

Stofftiere!

Gassi gehen bedeutet, neue Geschichten von anderen Hundebesitzern erzählt zu bekommen. Es dauerte also nicht lange, bis mir eine neue Geschichte zu Ohren kam, die ich natürlich sofort aufschrieb und die ich Ihnen nicht vorenthalten möchte.

Eine Frau, die wir vom Gassigehen kannten – sie wohnte zwar nicht in unserer Nachbarschaft, aber wir trafen sie oft an der Wertach – hatte immer ihre kleine Pudeldame Nicki dabei. Chiko und Nicki verstanden sich gut und tobten zusammen herum.

Währenddessen erzählte uns das Frauchen eine interessante Geschichte, der ich natürlich neugierig lauschte. Sie hatte ihre Wohnung sauber gemacht und dabei entdeckt, dass ein paar ihrer Stofftiere fehlten. Sie sammelt Tiere von einer bestimmten Marke, und diese wertvollen Stücke hatten eigentlich ihren festen Platz. Doch nun waren sie in der ganzen Wohnung verstreut.

Natürlich suchte sie die verschiedenen Stofftiere und verdächtigte sofort Nicki, denn außer ihr war niemand im Haus. Sie lief in Richtung von Nickis Körbchen, und siehe da: Dort lag die kleine Nicki seelenruhig zwischen den verschiedenen Stofftieren. Aber sie hatte

den Stofftieren nichts angetan, nicht hineingebissen –
sie kuschelte sich nur an sie und schaute unschuldig zu
ihrem Frauchen hinauf. Dieses wollte sie jedoch nicht
gelten lassen und nahm ihr die Tiere weg, um sie
wieder an ihren vorgesehenen Platz zu bringen. Nicki
schaute ihr mitleidig hinterher.

Am nächsten Morgen warf das Frauchen sofort einen
Blick auf ihre Stofftiere – wieder fehlten einige. Sie
ging sofort zu Nickis Körbchen, und diesmal war der
Hund buchstäblich mit Stofftieren zugedeckt.

Nicki musste in der Nacht auf Stofftierjagd gegangen
sein, hatte sich mühsam an alle herangeschlichen und
sie in ihr Körbchen geschleppt. Diesmal wollte Nicki
die „geklauten" Trophäen jedoch nicht so einfach
hergeben. Sie bellte ihr Frauchen an und verteidigte
ihre Beute.

Frauchen hatte eine Idee und rief den Tierarzt an, um
ihm das Erlebte zu schildern. Dieser erklärte, dass es
sein könnte, dass Nicki die Stofftiere als ihre „Kinder"
betrachtete und sie deshalb verteidigte.

Ohne lange zu überlegen, kaufte Frauchen ein paar
Stofftiere, die ausschließlich Nicki gehörten. So
konnten Frauchen und Hund ein gemeinsames Hobby
teilen: Stofftiere sammeln. Nicki dachte sich: „Nur weil
ich genauso Stofftiere sammle wie mein Frauchen, bin
ich doch kein ungezogener Hund!"

10. Geschichte

Der Golfplatz!

Dackel Willy ist oft mit seinem Frauchen an der Wertach unterwegs. Eigentlich wohnen sie in einem kleinen Nachbarort, aber auch sie wollen ab und zu in einer anderen Gegend spazieren gehen. So kam es immer wieder vor, dass sich unsere Wege kreuzten und wir ins Gespräch kamen.

Sie erzählte uns, dass sie in der Nähe eines Golfplatzes wohnt und Willy, weil er einen eigenen Kopf hat und immer nach Hause findet, öfter eine kleine Runde um den Golfplatz dreht. Ganz alleine läuft er mindestens einmal gemütlich seinen Weg, dabei interessieren ihn andere Hunde überhaupt nicht.

Denn Willy hat sich auf etwas anderes spezialisiert: Er ist ein Sammler. Seine Leidenschaft sind die kleinen Golfbälle. Wenn ein Ball außerhalb des Platzes landet und Willy gerade in der Nähe ist, rennt er schnell dorthin, schnappt sich das kleine Ding und läuft eilig nach Hause, um es in seinem Versteck zu deponieren.

Bis der Golfer seinen Ball sucht, ist der kleine, ältere Dackel schon längst verschwunden und der Spieler kann seinem Ball nur noch hinterherschauen. Der sonst so gemütlich laufende Hund kann in diesen Momenten mit seinen kurzen Beinchen eine beeindruckende

Geschwindigkeit entwickeln. Auf der Rückseite des Hauses befindet sich ein kleiner Schuppen – dort hat das Schlitzohr sein Versteck, in dem er all seine Schätze behutsam aufbewahrt. Dort hält er auch oft seinen Mittagsschlaf und bewacht seine Errungenschaften. Frauchen weiß, dass er sich dort ausruht und seine Ruhe haben will.

Eines Tages hat Willy wieder eine Errungenschaft gemacht. Ein junger Golfspieler hatte Willy entdeckt und war ihm gefolgt, da er Hunde mag.

Er stand vor Frauchens Tür und fragte sie, ob ihr der freche Dackel gehört, der die Golfbälle nach Hause trägt. Das Frauchen meinte daraufhin, sie habe Willy noch nie mit Golfbällen gesehen, aber plötzlich kam ihr ein Verdacht.

Sie gingen zusammen in den Schuppen. Da lag Willy in seinem Versteck, schaute aus seinem Schlafplatz heraus und siehe da: Hinter ihm lagen unzählige Golfbälle in allen Farben und Variationen. Willy könnte eine Ausstellung damit machen – er ist ein wahrer Spezialist.

Frauchen wollte sofort alle Bälle dem jungen Mann zurückgeben, aber dieser lehnte ab und erklärte, er habe auch einen Vierbeiner, der eine Leidenschaft für das Sammeln hat. Er wollte sich nur vergewissern, dass Willy der Sammler ist, und lachte. Er meinte: "Wenn uns die Bälle ausgehen, kommen wir zu Willy." Der kleine Dackel denkt sich wohl: "Wenn ihr die Bälle so weit schlagt, muss ich sie doch einsammeln – deswegen bin ich doch kein ungezogener Hund!"

11. Geschichte

Die Schuhe des gesamten Dorfes!

Diese Geschichte erzählte mir ein Kollege. Er wohnte in einem Dorf und besaß natürlich auch einen Hund. Er ist sehr tierlieb, aber diese Story handelt angeblich nicht direkt von seinem Hund.

Seppl, der kleine Rauhaardackel, wollte im Sommer nicht im Haus übernachten. Der sture Herr wollte unbedingt draußen bleiben. Wenn er im Haus war und nicht hinaus konnte, bellte er so lange, bis sein Frauchen oder Herrchen die Eingangstür öffnete und ihn hinausließ.

In diesem Dorf kannte jeder den pfiffigen Streuner. Oft machte er in der Nacht einen gemütlichen Spaziergang durch das gesamte Dorf.

Wenn er sich ausstrecken wollte, legte er sich in eine größere Hundehütte, die eigens für ihn angefertigt worden war. Seppl hatte sein eigenes Reich und fühlte sich als König des Dorfes. Doch wenn der Winter kam und es draußen kalt wurde, wollte der etwas ältere Herr ins gemütliche Haus. Natürlich bestimmte Seppl selbst, wann es so weit war – wer sonst?

Eines Tages beschwerte sich ein Dorfbewohner, dass seine Schuhe, die vor der Tür standen, verschwunden waren. Das Seltsame daran war, dass immer nur ein Schuh fehlte. Der Mann fragte sich, wer wohl einen einzelnen Schuh stehlen würde?

Diese kuriose Neuigkeit verbreitete sich schnell im ganzen Dorf, und bald stellte sich heraus, dass auch anderen Dorfbewohnern ein Schuh fehlte. Sogar schmutzige, alte Schuhe wurden gestohlen. Wer macht so etwas?

Die geschädigten Dorfbewohner fanden es zwar nicht allzu schlimm, dass die alten Schuhe fehlten, aber erfreut waren sie trotzdem nicht. So beschlossen sie, den ungewöhnlichen Dieb auf frischer Tat zu ertappen. Jeder hielt die Augen offen und schaute regelmäßig aus dem Fenster.

Eines Nachts musste ein Bauer austreten und dachte sich, er könnte gleich mal zum Fenster hinausblicken. Da sah er den Dackel Seppl durch das Dorf trotten – und er traute seinen Augen kaum: Seppl hatte einen Gummistiefel im Maul.

Der kleine Dackel hatte große Mühe, den schweren
Stiefel zu tragen, aber er gab nicht auf. Meter für Meter
schleppte er seine Beute zu seiner Hundehütte.
Schließlich schaffte er es, das „illegal erworbene"
Stück in sein Reich zu bringen.

Am nächsten Tag ging der Bauer zum Hof von Seppl
und erzählte lachend, was er mitten in der Nacht
beobachtet hatte.

Schnell schaute Frauchen in die Hundehütte – und
siehe da, dort hatte Seppl unzählige Schuhe gelagert,
immer nur ein Exemplar.

Seppl war wohl der Meinung: Wenn die Schuhe
draußen so allein vor der Tür stehen, kann man doch
einen mitnehmen.

Schließlich hatte er immer einen Schuh dagelassen,
also war er doch kein ungezogener Hund, oder?

12. Geschichte

Schuhe!

Wieder sind es Schuhe, die für eine lustige Geschichte sorgen, und dieses Mal spielt ein kleiner, süßer Labrador-Welpe namens Charly die Hauptrolle.

Charly, der kleine Welpe, war in unserer Nachbarschaft aufgewachsen und natürlich bei allen Hundeliebhabern in der Umgebung bekannt. So süß er auch war, manchmal machte er sich bei seinen Herrchen unbeliebt.

Frauchen hatte Geburtstag und viele Freunde, Bekannte und Verwandte waren eingeladen. Da sie noch keinen Garten besaß, musste sie die Gäste in ihre Wohnung einladen. Doch sie erwähnte, dass sie sich in der Umgebung nach einem kleinen Haus oder einer Gartenwohnung umsieht – schon Charly zuliebe, denn er braucht unbedingt einen Garten.

Der Besuch kam, und alle, die in die Wohnung traten, zogen ihre Schuhe aus und gingen direkt zum Esstisch. Frauchen war bestens gelaunt und hatte für die Gäste gekocht. Alle warteten gespannt auf das köstliche Mahl. Charly freute sich, dass so viele Gäste da waren, denn jeder streichelte ihn und schenkte ihm Aufmerksamkeit.

Doch plötzlich kam das Essen auf den Tisch, und niemand kümmerte sich mehr um ihn. Nur ein paar kleine Happen fielen für ihn ab. So schlich sich der arme kleine Welpe aus dem Zimmer und legte sich in die Diele.

Plötzlich fiel Charly auf, dass da viele Schuhe herumstanden – alle sahen irgendwie anders aus, und sie rochen interessant. Das musste er sich genauer anschauen. Charly untersuchte die Schuhe und stellte anscheinend fest, dass sie auch gut schmeckten. Jeden einzelnen Schuh nahm er sich vor und hatte dabei seinen Spaß!

Frauchen und die Gäste bemerkten nicht, dass Charly nicht mehr im Zimmer war, bis plötzlich ein Gast fragte: „Wo ist eigentlich Charly? Es ist plötzlich so ruhig." Frauchen wurde unruhig und sagte: „Er wird sich irgendwo hingelegt haben oder irgendetwas angestellt haben."

Sie stand schnell auf und schaute nach. Als sie in die Diele blickte, schrie sie laut: „Nein!" Und sah das Malheur – jeder Schuh, der dort stand, war angeknabbert. Plötzlich standen alle Gäste auf und begutachteten den Schaden.

Jetzt war Charly kein braver Hund mehr.

Charly dachte sich: „Mir war so langweilig, deswegen bin ich doch kein ungezogener Hund!"

13. Geschichte

Der Besen!

Unser Chikomann ist inzwischen schon älter geworden, er ist jetzt 6 Jahre alt. Aber das Ballspielen hat er noch lange nicht aufgegeben. Nur die Bälle sind manchmal etwas kleiner geworden – inzwischen gibt er sich auch mit kleineren Tennisbällen zufrieden.

Jeden Abend nach der Arbeit hat Chiko seine Zeit. So zwischen 17 und 19 Uhr muss ich mit ihm Ball spielen, sonst ist der kleine Mann nicht zufrieden. Er muss jeden Tag ausgepowert werden.

Den ganzen Tag über ist der kleine Pascha sonst kaum zu sehen. Er liegt faul auf dem Sofa, in seinem Bettchen oder natürlich bei Frauchen. Er ruht sich extra aus, damit er am Abend richtig fit ist – wenn Herrchen eigentlich schon müde ist.

Chiko weiß genau, wann seine Zeit gekommen ist. Sobald ich nach dem Abendessen aufstehe, sucht der kleine Mann seinen Ball, den er zum Spielen haben will, und legt ihn vor sich hin. Dann schaut er mich erwartungsvoll an, als würde er sagen: „Können wir jetzt anfangen? Kann es losgehen?"

Bei schlechtem Wetter oder im Winter spielen wir im Wohnzimmer, und der kleine Chiko rennt wie wild dem Ball hinterher. Er kann einfach nicht genug bekommen. Mit seinen 8 Jahren ist er noch lange nicht des Ballspielens müde.

Frauchen hat im Winter, wenn geheizt wird, einen großen Besen in der Nähe des Holzofens abgestellt. Damit kehrt sie die Asche zusammen, falls etwas herausfällt.

Doch manchmal, wenn wir spielen, kullert der Ball hinter den Besen. Chiko sieht den Besen und traut sich nicht, den Ball hervorzuholen. Er schaut den Besen ganz furchtsam an und bellt ihn an. Er hat große Angst vor dem Besen.

Warum Chiko so einen großen Respekt vor diesem Besen hat, wissen wir nicht, aber er mag ihn auf keinen Fall und hat wirklich Angst vor ihm!

Dann muss ich den Ball hervorholen, damit es weitergehen kann. Ich muss oft lachen, wenn der kleine Mann vor dem Besen steht und sich nicht weiterlaufen traut. Dabei ist er sonst so frech!

Chiko denkt sich wahrscheinlich: „Ich brauche keinen Besen zum Ballspielen, ich kann das auch ohne ihn!

Deswegen bin ich doch kein ungezogener Hund!"

14. Geschichte

Ketchup!

Hunde sorgen immer wieder für Überraschungen! Besonders, wenn ihnen ein Gegenstand ins Auge fällt, der rot ist und vielleicht essbar sein könnte.

Diese Geschichte wurde mir vor nicht allzu langer Zeit erzählt und handelt von einer etwas größeren Hundedame, einem Golden Retriever. Diese Rasse ist bekannt für ihre feine Nase und ihre Vorliebe fürs Fressen.

In unserer Nachbarschaft gibt es viele Schrebergärten, und dort dreht diese Hundedame oft ihre Runden mit ihrem Frauchen. Dabei begegnen wir uns manchmal, und natürlich erzählte sie mir ihre Geschichte.

Sie veranstalten oft Gartenpartys mit Verwandten und Freunden. Bei einer dieser Partys wurde der Holzkohlengrill angeheizt. Der Garten war voll, denn auch einige Enkelkinder waren dabei – und da durfte natürlich eine große Ketchupflasche nicht fehlen. Als die Holzkohle die richtige Temperatur erreicht hatte, wurden Fleisch und Würste auf den Grill gelegt. Die Kinder und natürlich auch die Hundedame Kira konnten es kaum erwarten, bis alles gar war. Kira bewachte den Grill mit Argusaugen, während die Frauen in der Zwischenzeit die Tische mit Brot und

Salaten deckten. Natürlich stand auch die große Ketchupflasche auf dem Tisch. Kira beobachtete alles genau, und ihr lief bereits das Wasser im Maul zusammen.

Dann kam der große Moment: Das Fleisch und die Würste wurden auf den Tisch gestellt. Kira begann schon zu jammern, weil sie es nicht abwarten konnte, endlich etwas abzubekommen. Die Kinder wurden als Erstes mit dem köstlichen Gegrillten versorgt, und dabei kam die große Ketchupflasche zum Einsatz. Ein Kind wusste anscheinend nicht, wohin es die aus Kunststoff bestehende Flasche auf dem überfüllten Tisch stellen sollte, und so landete sie kurzerhand auf dem Boden.

Das entging Kira nicht. Sie schnappte sich die rote Flasche und biss mit voller Kraft hinein. Dabei spritzte die rote Soße auf den Tisch und auf die umstehenden Leute, die völlig überrascht waren. In ihrer Freude rannte Kira um den Tisch und schaffte es so, dass jeder Anwesende eine Portion Ketchup abbekam – sehr zur Belustigung der Gäste. Frauchen nahm ihr sofort die Flasche weg, die inzwischen fast leer war, und Kira bekam eine strenge Rüge und leider nichts mehr vom Grill.

Kira dachte sich wohl: „Wenn die Flasche so sinnlos herumsteht, dann gehört sie doch mir! Deswegen bin ich doch kein ungezogener Hund!"

15. Geschichte

Der neue Rasen!

Ein junger Hund ist immer für eine Überraschung gut, zwei Hunde natürlich erst recht. An meiner Arbeitsstätte spreche ich oft mit verschiedenen Hundebesitzern, und so erfuhr ich von dieser Geschichte, die ich natürlich nicht verheimlichen will.

Ein junger Mann besaß zwei sehr junge, kleine Mischlingshunde. Er hatte sie erst seit ein paar Monaten und sie waren natürlich noch nicht richtig erzogen.

Gerade erst hatte er für seine Familie ein Haus gebaut und war nun dabei, den Garten zu gestalten. Seine Frau war mit den Kindern und dem Innenausbau beschäftigt.

Die Frau und die beiden kleinen Kinder verbrachten viel Zeit mit den quirligen Hunden. Der Mann hingegen war eifrig damit beschäftigt, dem Garten einen schönen Rasen zu verpassen. Mit großem Eifer hatte er den Untergrund begradigt und vorbereitet, und schließlich den Rasensamen gewissenhaft ausgesät.

Da es Sommer war und sehr trocken, musste er den frisch ausgesäten Rasensamen gut bewässern. Er freute sich bereits darauf, dass er diese Aufgabe abgeschlossen hatte und auf das Ergebnis, wenn der Rasen erst einmal gewachsen wäre.

Die Frau war mit den Kindern und den Hunden außer Haus und hatte einen langen Spaziergang geplant, bei dem sich die Kinder auf einem nahegelegenen Spielplatz austoben konnten.

Als sie zurückkamen, stürmten die Kinder sofort zu ihrem Vater, um von ihren Erlebnissen zu berichten. Doch die Hunde waren genauso schnell und rannten durch den Garten. Sie fingen an, wild miteinander zu spielen, ohne Rücksicht darauf, dass der Rasen gerade frisch gesät und bewässert worden war.

Der Mann versuchte, die Hunde ins Haus zu bringen, aber der Rasensamen klebte an ihrem Fell, und sie waren völlig nass und dreckig. Er versuchte, den Schaden so gering wie möglich zu halten, doch dort, wo die Hunde sich bewegt hatten, war nichts mehr so, wie es vorher war. Wütend brachte er die Hunde ins Haus, wo Sekunden später seine Frau entsetzt aufschrie: „Du kannst die Hunde doch nicht so ins Haus lassen!" Er rief zurück: „Dann schau dir mal meine Arbeit an!" Alles, was er als Antwort bekam, war ein entnervtes „Scheiße."

Die Hunde dachten sich wahrscheinlich: „Wir durften raus, es war schön – warum sind wir dann ungezogene Hunde?"

16. Geschichte

Eine Wespe!

Diese Geschichte handelt von einem neugierigen Rauhaardackel namens Waldi, einem typischen, starrköpfigen Rüden mit einem guten Herz – so, wie man diese Vierbeiner kennt. Ein Kollege erzählte mir die Geschichte, der Waldi als Jagdhund nutzte.

Natürlich hatte Waldis Besitzer ein Haus mit einem großen Garten, in dem sich der Hund pudelwohl fühlte. Wenn er nicht gerade mit seinem Herrchen unterwegs war, durchstreifte er täglich mehrmals das Grundstück, beschnüffelte alles und markierte sein Revier.

Waldi wusste genau, wer sein Reich betreten durfte. Jeder Besuch wurde herzlich empfangen, denn der Besuch könnte ja etwas Gutes dabei haben. Waldi wusste immer, in welcher Hosen- oder Jackentasche der Besuch etwas für ihn versteckt hatte.

Eines Tages kam wieder Besuch zu seinem Herrchen, und natürlich hatte dieser nette Gast etwas Leckeres für Waldi dabei. Waldi schnappte sich das Leckerli sofort und verschwand damit im Garten, um es in aller Ruhe zu verspeisen. Herrchen und der Besuch beobachteten ihn von der Terrasse aus. Doch Waldi fand beim Fressen keine Ruhe, denn eine Wespe störte ihn ständig. Sie flog immer um ihn herum, und warum sie so angriffslustig war, konnte niemand nachvollziehen. Vielleicht hatte sie es auf Waldis Leckerli abgesehen.

Waldi schnappte nach der Wespe, aber sie gab nicht auf. Im Gegenteil, sie wurde immer aggressiver und flog immer wilder um den kleinen Dackel herum. Herrchen warnte Waldi, dass er nicht nach der Wespe schnappen solle, sonst würde sie ihn stechen. Doch Waldi ließ sich nicht beirren und schnappte weiter nach ihr, bis er sie schließlich erwischte und sie in seinem Maul verschwand.

Waldi jaulte sofort auf, denn die Wespe hatte ihn gestochen. Er legte sich ins Gras, drückte seine Pfoten auf die Schnauze und jammerte. Herrchen und der Besuch eilten zu ihm. Herrchen schimpfte ein wenig mit Waldi: „Wer nicht hören will, muss fühlen! Wie oft habe ich dir schon gepredigt, dass du nicht nach diesen Viechern schnappen sollst?"

Er hob Waldi auf den Arm und fuhr schnell mit ihm zum Tierarzt, der Waldi schon gut kannte. So viel ich weiß, bekam Waldi eine Spritze, und sein Leid war schnell vergessen. Ob er jemals wieder nach einer Wespe geschnappt hat, weiß ich nicht.

Waldi dachte sich wohl: „Dieser Wespe überlasse ich nicht mein gutes Leckerli – das gehört mir.

Deswegen bin ich doch kein ungezogener Hund!"

17. Geschichte

Der Erschrecker!

Natürlich habe ich wieder eine Geschichte aus meiner Umgebung gehört, die ich sehr gerne aufschreibe. Es ist eine ungewöhnliche Geschichte, denn ein solches Verhalten von einem Hund ist mir bisher noch nie begegnet.

Ein kleiner Mischling, den wir nicht oft sehen, weil sein Frauchen und Herrchen nicht aus unserer Gegend kommen, läuft manchmal an der Wertach entlang. Einmal in der Woche treffen wir sie jedoch, und natürlich wird immer erzählt, wenn unsere Hunde zusammen spielen.

Der kleine Mischling, Charly, hat eine erschreckende Angewohnheit, die ihm großen Spaß macht – auch wenn er jedes Mal eine Rüge von seinem Herrchen bekommt. Trotzdem macht er es immer wieder.

Herrchen erzählte uns mit einem schelmischen Grinsen im Gesicht Charlys Geschichte. Sie besitzen ein Haus mit einem großen Garten, und entlang des Zauns wächst eine dichte Ligusterhecke bis zum großen Gartentor. Charly ist fast den ganzen Tag in seinem Reich unterwegs. Er wusste über alles Bescheid, was in seinem Garten vor sich ging. Mehrmals am Tag lief er sein Revier ab und beobachtete alles ganz genau. Er wusste immer, wenn sich eine Person seinem Grundstück näherte.

Sobald er das bemerkte, legte er sich sofort auf die Lauer. Der kleine Hund erkannte sofort, ob es sich um einen Freund oder eine fremde Person handelte. Kannte er die Person nicht, wartete er geduldig, bis sie auf seiner Höhe war, und schlich dann lautlos auf seinen Pfoten hinter der Hecke neben der Person her.

Doch auf der Höhe des Eingangs schoss der kleine Kerl blitzschnell aus seiner Deckung und bellte die Person an. Natürlich erschreckte sie sich, und oft fluchte sie dann den kleinen Kerl an. Aber genau das wollte er – es bereitete ihm großen Spaß. Sobald der unbekannte Mensch wieder verschwunden war, legte er sich erneut auf die Lauer und wartete auf sein nächstes Opfer.

Mit seinen lieben Freunden, von denen er öfter etwas bekam, spielte er dieses Spiel natürlich nicht. Herrchen erzählt, dass er schon versucht hat, ihn mit einem Schlüssel zu bewerfen oder ihn mit dem Gartenschlauch zu bespritzen, aber Charly macht es trotzdem immer wieder. In dieser Hinsicht ist er absolut unbelehrbar.

Charly denkt sich: „Mir macht es Spaß, was soll daran ungezogen sein? Ich tue doch niemandem weh. Deswegen bin ich doch kein ungezogener Hund!“

18. Geschichte

Der Badteppich!

Es gibt etwas Neues von unserem Chiko zu erzählen. Unser kleiner Hund hat eine neue Marotte entwickelt, die natürlich meine Frau als Erste entdeckte.

Eines Tages ging meine Frau ins Bad und schimpfte vor sich hin: „Wer hat den Badteppich so zerknüllt? Kann man nicht aufpassen, wenn man ins Bad geht, und den Badläufer so liegen lassen, wie ich ihn hingelegt habe?" Natürlich meinte sie mich, aber ich hatte aufgepasst und nichts verändert. Als ich das Bad verlassen hatte, lag der Teppich noch ganz normal da – also, wer war der Schuldige?

Meine Frau beschuldigte mich, nicht aufgepasst zu haben und den Badläufer beim Verlassen des Bades so zerknüllt liegen gelassen zu haben. Sie schüttelte ihr gutes Stück noch einmal im Garten aus, legte ihn sorgfältig im Bad aus und warnte mich dabei: „Beim nächsten Mal, wenn du ins Bad gehst, pass auf und lass den Teppich nicht so liegen. Man muss ihn ja nicht unbedingt zusammenschieben!"

Ich wusste, dass ich es nicht gewesen sein konnte, also wer dann? Ich machte mir einen Kaffee, ging in den Garten und machte es mir gemütlich. Meine Frau folgte mir und fragte: „Hast du den Badläufer wirklich nicht zusammengeschoben?" Ich lachte und antwortete mit einem klaren „Nein." Aber ich hatte einen Verdacht!

Meine Frau schaute sich von der Terrasse aus um und fragte mich: „Wo ist eigentlich unser Chikomann?" In diesem Moment kam er ganz gemütlich aus der Wohnung geschlichen und machte es sich im Rasen bequem, als wäre nichts gewesen.

Meine Frau sah mich an, und ich lachte. Sie hatte sofort begriffen, was los war, sprang auf und ging schnellen Schrittes ins Bad. „Schau dir das an!",rief sie. Ich folgte ihr gemütlich, und siehe da: Der Badläufer war erneut zusammengeschoben.

Meine Frau fragte mich: „Warum macht er das plötzlich? Das hat er doch noch nie getan!" Ich erklärte ihr: „Chiko ist ein Yorkshire-Terrier-Mischling und stammt daher, wie die meisten Hundearten, vom Wolf ab. Was er hier macht, tun diese Arten instinktiv sehr gerne. Chiko hat das wahrscheinlich aus reinem Instinkt getan; ich habe so etwas schon öfter gehört."

Unser kleiner Hund macht das jetzt immer wieder – er kann es einfach nicht lassen. Chiko denkt sich anscheinend: ‚Warum muss der Badläufer so gerade liegen? Zusammengeknüllt ist er für mich viel schöner, das ist meine perfekte Kunst.'

Deswegen bin ich doch kein ungezogener Hund!

19. Geschichte

Der Furz!

Eine neue Geschichte über einen Boxer hat mal wieder eine Familie in eine peinliche Situation gebracht – was eigentlich keine Überraschung ist. Ein Hund ist eben ein Hund, auch wenn er noch so gut erzogen ist. Jede Woche muss der Boxerrüde Roni auf den Hundeübungsplatz, und eigentlich weiß er, was sich für einen gut erzogenen Hund gehört – denkt man zumindest.

An den Weihnachtsfeiertagen hatte das nette Pärchen zu einem großen Familientreffen eingeladen und freute sich schon sehr darauf. Sie machten große Pläne für das Essen und kauften alles ein, was sie auftischen wollten. Sie wussten, dass es eine große Zahl von Gästen sein würde.

Schon am Vortag begann die Frau, Kuchen zu backen, und richtete schon andere Sachen an. Es sollte an nichts fehlen, alles sollte perfekt werden. Sehr früh standen sie auf, um eine große Weihnachtsgans in den Ofen zu schieben. Sie waren den ganzen Vormittag damit beschäftigt, ein perfektes Mittagessen zu zaubern. Alles klappte, und sie freuten sich darauf, das perfekte Mahl aufzutischen. Ihnen lief schon das Wasser im Mund zusammen, es roch gut in der

Wohnküche, und sie richteten zum Schluss den Weihnachtstisch her. Roni hatte alles im Blick, er beobachtete alles ganz genau und ließ die Weihnachtsgans im Ofen nicht aus den Augen.

Frauchen hatte ihren Hund genau im Blick und befahl ihrem Mann, bevor die ersten Gäste erscheinen, noch einmal richtig mit Roni Gassi zu gehen. Gesagt, getan – ihr Mann schnappte sich Roni und lief mit seinem Liebling noch eine große Runde.

Kaum waren sie zu Hause, erschienen die ersten Gäste. Roni freute sich natürlich über jeden neuen Ankömmling und bekam von jedem eine Streicheleinheit – er konnte gar nicht genug davon bekommen. Kurz darauf setzten sich die Leute an den großen Weihnachtstisch, und die frisch gebratene Gans kam zerlegt auf den Tisch. Knödel und selbst gemachtes Blaukraut wurden dazu serviert. Der ganze Raum duftete herrlich nach dem guten Essen.

Roni, der normalerweise auch immer etwas vom Tisch bekam, schlich nervös von einem Gast zum anderen, in der Hoffnung, dass doch etwas Gutes für ihn abfiel. Normalerweise bekam er fast nur Trockenfutter. Alle saßen am Tisch und genossen das gute Essen, und zwischendurch fiel für Roni ein Stück ab. Doch plötzlich ertönte ein fürchterlicher Furz in der Wohnküche. Alle Gäste schauten sich entsetzt an, und es dauerte nicht lange, bis sich ein schrecklicher

Gestank im Raum verbreitete. Frauchen schrie als Erste: „Roni, du alte Drecksau, das darf doch nicht wahr sein! Kannst du dich nicht einmal zusammenreißen?" Es stank plötzlich fürchterlich nach einem richtigen „Trockenfutter-Furz". Roni störte das natürlich überhaupt nicht – im Gegenteil, er wartete auf den nächsten Brocken Fleisch.

 Jetzt sprangen die ersten Gäste auf und verließen eilig die Wohnküche. Herrchen und Frauchen sprangen schnell auf, um ein Fenster zu öffnen. Herrchen schimpfte mit Roni, aber was brachte es – der Gestank hatte sich schon im ganzen Raum verbreitet. Roni schaute sich verwirrt um, als würde er überhaupt nicht begreifen, was gerade vor sich ging! Für das Pärchen war es eine äußerst peinliche Situation. Roni hätte fast das schöne, gemütliche Essen platzen lassen. Frauchen und Herrchen lüfteten den Raum ein paar Minuten, und danach kehrten alle Gäste an den Tisch zurück und aßen weiter. Doch wie es so ist, es gab nun neuen Gesprächsstoff – und der war natürlich Roni!

 Roni dachte sich sehr wahrscheinlich: „So ein kleiner Furz, und alle Gäste hauen gleich ab. Die halten wirklich nichts mehr aus. Was machen sie erst, wenn mir richtig einer abgeht? Frauchen und Herrchen sind selbst schuld, wenn sie mir immer nur so billiges Trockenfutter geben!

 Deswegen bin ich doch kein ungezogener Hund!"

20. Geschichte

Der Ventilator!

Selbst an sehr heißen Tagen gibt es lustige Geschichten von Hunden zu erzählen. Auch mein eigener Hund ließ sich nicht lange bitten.

In den letzten Tagen herrschte eine extreme Hitze, nahe an vierzig Grad. Selbst unser Hund wollte nicht mehr gerne nach draußen gehen. Kaum war unser Chiko im Garten, legte er sich natürlich in die pralle Sonne, aber nicht lange – dann suchte er sich ein schattiges Plätzchen. Ein paar Minuten später kam er zurück in die Wohnung und machte es sich auf den etwas kühleren Fliesen gemütlich. Auch mein Hund litt unter der enormen Hitze.

Wir gingen natürlich sehr früh mit ihm Gassi, denn zu dieser Zeit waren die Temperaturen noch einigermaßen erträglich. Ich glaube, auch mein Hund wünschte sich, dass es endlich mal richtig regnen und damit abkühlen würde, aber der Regen ließ auf sich warten.

Auch Frauchen und Herrchen litten unter der Hitze. Wir ließen die Rollos herunter und versteckten uns vor der brütenden Sonne. Frauchen hatte die Idee, einen Ventilator anzuschalten und sich im kühlen Luftstrom auf dem Sofa gemütlich zu machen.

Sie wollte sich nur noch etwas Kühles zu trinken holen und sich dann auf das Sofa legen. Doch als sie an ihren Platz zurückkam, hatte es sich unser Chiko bereits gemütlich gemacht. Der kleine Pascha lag der Länge nach ausgestreckt auf dem Sofa, sein Fell bewegte sich leicht im Ventilatorwind. Sehr zufrieden schnaufte der von der Hitze geschundene Hund. Nicht einmal den Kopf hob er, als Frauchen Platz nehmen wollte. Er rührte sich keinen Millimeter.

Erst als Frauchen ihn sanft zur Seite schob, rückte der kleine Pascha ein paar Zentimeter beiseite.

Dann konnten Frauchen und Chiko gemeinsam den kühlen Wind genießen. Stundenlang lagen sie zu zweit auf der gemütlichen Couch. Am späten Abend fragte Frauchen Chiko: „Wollen wir nicht mal hinausgehen?" Da klappten seine Ohren herunter, und sein Schwanz senkte sich – er wollte überhaupt nicht raus. Erst als ich sagte: „Chiko, wir fahren in den kühlen Wald", kam ein bisschen Freude in seinem Hundeleben auf.

Chiko dachte sich wohl: „Ich will es auch ein wenig kühl haben, nicht nur Frauchen. Und in die Hitze hinaus mag ich schon gar nicht. Hunde leiden auch!"

21. Geschichte

Eis!

In der heißen Zeit gibt es natürlich immer wieder Geschichten über Kinder und Hunde. Auch bei uns gab es eine, die sich lohnte, erzählt zu werden.

Wir hatten eine superheiße Zeit, und Abkühlung tat immer gut. Selbst die Labradorhündin Ronia versteckte sich im Schatten; sie wollte nicht mehr groß spielen. Sie verbrachte die meiste Zeit im Haus, obwohl sie mit drei Jahren noch nicht alt war. Aber in dieser Zeit liebte sie die kühleren Fleckchen im Haus oder Garten.

An einem Wochenende kam Besuch: Die Kinder der Familie kamen mit ihrem kleinen Nachwuchs, und das liebte Ronia. Sie war sehr kinderlieb, und es war immer etwas geboten. Für die Kinder wurde ein kleines Planschbecken aufgestellt, und sie konnten mit Ronia spielen. Jetzt verkroch sich die junge Hündin nicht mehr so oft in den Schatten, sondern musste immer dort sein, wo die kleinen Kinder waren, um mit ihnen zu spielen.

Natürlich hatte die Oma extra etwas für die Kleinen eingekauft: leckeres Eis mit Waffeln, das die Kinder natürlich liebten. Ein Kind war etwa drei Jahre alt und das andere schon etwas älter, ungefähr fünf Jahre alt. Oma freute sich immer, wenn ihre Enkelkinder da waren, aber nach ein paar Stunden, wenn sie wieder verschwunden waren, war sie froh, sich von der lebhaften Rasselbande erholen zu können.

Am Nachmittag, nach dem Essen, war es soweit. Oma ging zum Gefrierschrank, holte das leckere Eis für die Kleinen und überreichte es ihnen. Das war genau das Richtige für ihre Enkel, die sofort das Eis in der Waffel schleckten. Ronia lief das Wasser im Maul zusammen – sie bekam nichts ab.

Als der Kleinste etwa die Hälfte des Eises genascht hatte, musste er auf die Toilette. Er legte das Eis auf dem Beckenrand des Planschbeckens ab und rannte zu seiner Mutter. Ronia hatte das Eis nicht aus den Augen gelassen und konnte nicht widerstehen, obwohl sie ein wohlerzogener Hund war. Schnell war das kleine Stück Eis in ihrem Maul verschwunden, und man sah ihr an, dass ihr das kalte Eis schmeckte. Plötzlich schrie das größere Kind: „Ronia hat das Eis gefressen!" Oma rannte sofort zu Ronia, schimpfte zuerst mit ihr, aber dann dachte sie sich: „Wenn meine Enkelkinder schon Eis haben, dann bekommt meine Ronia eben auch ein Eis."

Ronia dachte wohl: „Wenn es den Kleinen so gut schmeckt und sie es weglegt, kann ich es nicht verderben lassen – ich muss es probieren."

Deswegen bin ich doch kein ungezogener Hund!

22. Geschichte

Das Planschbecken!

An diesen heißen Tagen ist eine weitere lustige Geschichte entstanden, die ich natürlich nicht vorenthalten möchte. Unsere junge Hundedame Ronia und die Enkelkinder sind daran maßgeblich beteiligt.

Oma hatte sich viel Mühe gegeben. Sie wusste schon seit ein paar Tagen, dass sie wieder großen Besuch bekam – die große Familie mit den zwei Enkelkindern hatte sich angemeldet. Einen Tag vorher musste Opa das Planschbecken im Garten vorbereiten, damit sich die Kinder darin abkühlen und spielen konnten. Oma war sich sicher, dass es wieder richtig Spaß machen würde. Ronia war schon ganz aufgeregt und spürte schon ein paar Stunden vorher, dass Besuch kam. Als endlich alle da waren, freute sie sich riesig und war nicht mehr zu beruhigen. Ganz aufgeregt sprang sie hin und her.

Nach dem Mittagessen nahmen die Enkelkinder sofort das kühle Nass des Planschbeckens in Besitz. Natürlich war die junge Hündin dabei; sie durfte nie fehlen, wo die Kinder waren. Als es später von Oma Eis mit Waffeln gab, bekam Ronia selbstverständlich ihre eigene kleine Portion ab, damit es keinen Streit gab. Ronia liebte das kühle, rahmige Eis mit Waffeln –

warum sollte sie nicht auch etwas sündigen dürfen? Sie war schließlich auch nur ein Hund!

Aber nach dem kalten Naschen wurde sofort wieder weitergespielt. Es herrschte eine brütende Hitze, alle schwitzten, und Ronia hing die Zunge heraus. Anscheinend wurde es ihr bei den Kindern zu viel. Zuerst zog sie sich kurz in den Schatten zurück und versuchte, sich zu erholen.

Plötzlich war das Planschbecken leer, und die Kinder waren auf der Terrasse bei den Eltern. Was machte die kluge Ronia? Sie stapfte langsam zum Planschbecken und legte sich mit ihrer ganzen Länge in das kühle Nass. Sie fühlte sich darin sichtlich wohl! Nach ein paar Minuten kamen die Kinder zurück und riefen ihre Eltern: „Mutti, Ronia hat sich in das Planschbecken gelegt!" Ihre Eltern kamen dazu und erklärten: „Es ist doch sehr heiß, und Ronia hat mit euch gespielt. Sie braucht auch eine kleine Abkühlung! Sie fühlt sich jetzt bestimmt sehr wohl im kühlen Wasser." Sofort spritzten die Kinder noch mehr Wasser auf ihr Fell. Ronia hob zufrieden ihren Kopf und kam nach ein paar Minuten wieder aus dem Planschbecken, um sich gründlich zu schütteln. Für die Kinder war der Spaß mit dem Planschbecken jetzt noch größer, und Ronia machte es ebenfalls großen Spaß.

Sie hatte sich wahrscheinlich gedacht: „Wenn die Kinder Abkühlung brauchen, dann will ich es auch haben! Deswegen bin ich doch kein ungezogener Hund!"

23. Geschichte

Das Püppchen!

Es gibt mal wieder etwas von Chiko zu berichten – eine witzige Geschichte. Meine Frau fand sie allerdings nicht so lustig, aber ich muss unseren kleinen frechen Hund eigentlich in Schutz nehmen, denn für mich war sie damals selbst schuld.

Meine Frau wollte immer ein kleines Püppchen auf einer Schaukel haben. Es musste genau so sein, wie sie es sich vorstellte. Sie suchte nicht zwingend danach, aber wenn sie in einen Laden hineinging, hielt sie sofort danach Ausschau. Wochenlang ging das so. Sie waren alle nicht so, wie sie sich das Püppchen vorstellte: Entweder waren sie zu klein oder zu groß, oder sie waren falsch gekleidet. Sie hatte immer etwas auszusetzen.

Eines Tages war es dann soweit. Wir waren wie so oft einkaufen, und in diesem Discounter gab es zufällig viele solcher Püppchen. Eifrig suchte sich meine Frau durch die vielen Puppen und wurde sogar fündig – sie war begeistert. Also nahmen wir das kleine Clown-Püppchen auf einer Schaukel mit nach Hause.

Als wir zu Hause ankamen, begrüßte uns gleich Chiko und schnüffelte erst einmal alles ab, ob nicht irgendetwas für ihn dabei war. Natürlich hatten wir auch etwas Feines für ihn mitgebracht. Zuerst bekam er sein Leckerli, und wir räumten unseren Einkauf auf.

Danach musste meine Frau natürlich gleich ihr Püppchen noch einmal begutachten. Chiko war natürlich überall dabei. Meine Frau hielt den Clown an die Stelle, wo er aufgehängt werden sollte. Dann setzte sie sich auf die Couch und entfernte das Preisschild. Chiko schaute ganz interessiert auf die fremde Puppe.

Als meine Frau das Schild entfernt hatte, hielt sie die Puppe oben an der Aufhängeschlaufe fest und hielt sie Chiko vor die Nase. Er schnüffelte kurz daran, sprang dann plötzlich hoch, schnappte sich die Puppe, zog sie meiner Frau aus der Hand und rannte durch die offene Terrassentür in den Garten.

Dort legte er sich mit seiner neuen Errungenschaft nieder und fing sofort an, das Püppchen zu zerrupfen. Innerhalb weniger Sekunden war alles total zerfetzt. Da braucht unser Chiko nicht lange!

Meine Frau schrie natürlich hinter ihm her, aber was Chiko einmal im Maul hat, gibt er nicht so schnell her – oder erst, wenn es total kaputt ist.

Sie schimpfte ihn natürlich aus. Ich würde behaupten, sie hat es ihm vor die Nase gehalten und Chiko hat es somit als sein Spielzeug gesehen und sofort zugeschnappt. Er dachte sich wohl: „Das gehört jetzt mir!"

Sie war selbst schuld! Chiko behauptet: „Das hat sie mir gegeben, und was mir gehört, darf ich zerstören. Ich wollte zwar lieber einen Ball, aber was mir vor die Nase gehalten wird, muss genau untersucht werden!"

Deswegen bin ich doch kein ungezogener Hund!

Frauchen bekam natürlich ein neues Clown-Püppchen, das sie dann nicht mehr vor Chikos Nase hielt!

24. Geschichte

Der Fisch!

Meine Frau und ich haben einen Spaziergang mit unserem Chikomann unternommen, und wie so oft haben wir dabei eine sehr ungewöhnliche Geschichte erlebt. Ich konnte es zuerst gar nicht glauben, dass diese Geschichte von einem Hund stammt und dass ein Hund so etwas anstellt.

Die ungewöhnliche Geschichte erzählte uns ein Mann, der mit seinem Hund auf einer Kiesbank an der

Wertach spielte. Der Hund war ein Mischlingshund, er hatte viel Ähnlichkeit mit einem Jagdhund. Wir kamen mit diesem Mann ins Gespräch, und er erzählte uns von seinem Leid.

Er ging den ganzen heißen Sommer über jeden Vormittag mit seinem Hund den Fluss entlang. Aufgrund der ungewöhnlichen Hitze führte der Fluss nicht viel Wasser. Der Hund sprang jeden Tag ins Wasser, hatte seinen Spaß dabei und wollte gar nicht mehr herauskommen.

Doch in diesem Sommer kam es immer wieder vor, dass ein toter Fisch auf einer Kiesbank lag. Der Mann hätte nie geglaubt, dass ein stinkender, toter Fisch seinen Hund interessieren könnte. Bis zu diesem Zeitpunkt hatte der Hund immer einen großen Bogen um solche toten Tiere gemacht.

Doch vor kurzem war es soweit: Ein größerer toter Fisch lag am Ufer. Sein Hund war schon länger im Wasser und hatte bereits eine ganze Weile erfolglos den Enten hinterhergejagt. Plötzlich lief er zu dem großen, toten Fisch hin, schnupperte daran und wälzte sich dann in dem ekligen Kadaver. Der Mann konnte nicht glauben, was er sah, und beim Erzählen hatte man den Eindruck, dass es ihn dabei immer noch vor Ekel würgte.

Dann kam der Hund freudig zu ihm gelaufen, aber sein Herrchen hatte keine so große Freude. Er wollte sein stinkendes Tier gleich wieder zu den Enten jagen, aber der Hund wollte nicht mehr – er wollte so mit seinem stinkenden Fell nach Hause laufen.

Herrchen dachte sich: „Mein Freund, so kommst du mir nicht nach Hause!" Er brach am Ufer einen größeren Ast ab und warf ihn ins Wasser, sodass der Hund ins tiefe Wasser musste. Dann brach er einen weiteren Ast ab und drohte seinem Hund damit, falls er sich dem ekligen Fisch wieder nähern sollte. Er hetzte seinen Hund so lange ins Wasser, bis der Gestank aus dem Fell verschwunden war.

Trotzdem musste sich der Hund einer gründlichen Reinigung unterziehen, denn Frauchen wollte keinen ekligen Fischgestank im Haus. Ein Hund, der mit einem ekligen Fisch tanzt, muss zu Hause leiden.

Ich hatte bis zu diesem Zeitpunkt noch nie von einem Hund gehört, den ein Fisch interessiert hatte. Meine bisherigen Hunde machten immer einen großen Bogen um Fische – sie schnupperten nicht einmal daran, geschweige denn, dass sie daran gefressen hätten.

Der Hund hatte sich wohl gedacht: „Mich interessiert dieses stinkende Tier, deswegen bin ich doch kein ungezogener Hund!"

25. Geschichte

Die Grillparty!

Ein netter Nachbar erzählte mir von einem Grillfest, zu dem er viele Gäste eingeladen hatte. Natürlich durfte jeder seinen vierbeinigen Freund und Kinder mitbringen. Der Erzählung nach war sein Garten gut gefüllt, und die Gäste waren zufrieden. Er hatte für genügend Fleisch, Würste und Bier gesorgt, und die anderen Gäste brachten noch verschiedene Salate und andere Beilagen mit.

Der Grill war angeheizt, und die Umgebung duftete nach dem Gegrillten. Die Gäste versammelten sich um den Grill, einige hatten sich bereits ein Bier angezapft. Die Kinder spielten mit den Hunden und rannten gemeinsam im Garten herum. Jeder hatte seinen Spaß.

Das gefiel dem Gastgeber sehr, und es deutete sich ein langer Abend an. Die Männer wechselten sich am Grill ab, und es wurde zusammen gegessen und getrunken. Die Stunden vergingen wie im Flug. Natürlich bekamen die Hunde auch etwas Leckeres vom Grill ab. Der Gastgeber war der Meinung, dass sie nicht vor dem Grill leiden sollten, wenn der verführerische Duft in ihre feinen Nasen wehte. Kaum hatten sie etwas gefressen, tobten sie weiter mit den Kindern.

Unermüdlich rannten sie mit den Kindern durch den Garten.

Doch irgendwann war es soweit: Dem Gastgeber ging das Bier aus, und er musste für Nachschub sorgen. Im Keller hatte er genügend gelagert. Er fragte einen Kumpel, ob er ihm helfen würde, in den Keller zu gehen, damit keiner verdursten müsste. Sie nahmen gleich die leeren Getränkekästen mit und verschwanden kurz im Keller.

Ein paar Minuten später kamen sie mit den vollen Bierkästen wieder herauf und freuten sich schon darauf, ein kühles Helles anzuzapfen. Doch sie hatten nicht mit den Hunden gerechnet, die noch immer wie die Wilden durch den Garten rannten. Kaum hatten sie die Kellertreppe verlassen, sprangen ihnen die Hunde zwischen die Füße, und die beiden Männer landeten samt den Bierkästen auf dem Boden. Die Flaschen flogen aus den Kästen, einige rollten die Kellertreppe hinab und zerbrachen. Auch im Gras lagen einige zerbrochene Flaschen.

Das war ein großer Schreck für alle Gäste. Alle rannten blitzschnell zu den Männern, um Erste Hilfe zu leisten und sicherzustellen, dass sich kein Kind oder Hund an den Scherben verletzte. Doch der Schreck war größer als der Schaden: Nur der Gastgeber hatte eine kleine Schnittwunde, sonst hatte sich glücklicherweise niemand verletzt.

Die Hunde hatten sich mit den Kindern gleich weiter entfernt ins Gras gelegt und beobachteten das Missgeschick. Sie wussten genau, dass sie an dem Malheur nicht ganz unschuldig waren.

Aber die Sache wurde schnell aus der Welt geschafft. Der Gastgeber wurde verarztet, und alle Gäste halfen zusammen, die Scherben aufzusammeln. Es war noch genügend Bier vorhanden, denn ein Nachbar, der anwesend war, konnte mit Bier aushelfen. Dieses Mal wurde auf die vierbeinigen Freunde genau geachtet.

Die Hunde haben sich wohl gedacht: „Was geht das uns an, wenn wir ausgelassen durch den Garten rennen und sie uns mit den Getränkekästen in den Weg laufen? Da können wir doch nichts dafür! Wir mögen sowieso kein Bier!"

Deswegen sind wir doch keine ungezogenen Hunde!

Schlusswort:

Nachdem ich all diese Geschichten niedergeschrieben habe, bleibt mir nur zu sagen: Unsere Hunde bereichern unser Leben auf so viele Arten. Sie bringen uns zum Lachen, zum Staunen, manchmal auch zum Verzweifeln – doch eines ist sicher: Langweilig wird es mit ihnen nie. Jeder Tag mit ihnen ist ein kleines

Abenteuer, und jede Herausforderung, die sie uns stellen, ist am Ende nur ein weiterer Grund, sie noch mehr zu lieben.

Ich hoffe, dass diese Geschichten euch ebenso zum Schmunzeln gebracht haben wie mich, als ich sie erlebt habe. Sie zeigen, dass unsere vierbeinigen Freunde uns oft mehr lehren, als wir ihnen beibringen können – über Geduld, Verständnis und die Kunst, das Leben einfach zu genießen.

Aber die Reise endet hier nicht. Immer wieder entstehen neue, lustige und überraschende Geschichten, die nur darauf warten, erzählt zu werden. Und so werde ich weiterhin die besonderen Momente mit meinen treuen Begleitern festhalten und aufschreiben, damit sie nicht in Vergessenheit geraten.

Mögen diese Geschichten ein Lächeln auf eure Lippen zaubern und euch daran erinnern, wie wunderbar es ist, sein Leben mit einem treuen Hund zu teilen. Denn eines ist sicher: Ein Zuhause ohne Hund ist nur ein leeres Haus.

Vielen Dank, dass ihr die Reise durch diese Geschichten mit mir gemacht habt. Ich freue mich darauf, viele weitere Geschichten mit euch zu teilen.

© 2024 Peter S. Fischer

Verlag: BoD • Books on Demand GmbH, In de Tarpen 42, 22848 Norderstedt
Druck: Libri Plureos GmbH, Friedensallee 273, 22763 Hamburg
ISBN: 978-3-7597-8532-9